故园梦长江缘

叶辞贵尚题

阎爱民，宾夕法尼亚州立大学博士，现任长江商学院管理学教授、副院长、代理院长，负责行政事务、政府关系、校园建设、校友事务及教育发展基金会。此前曾任美国波士顿大学组织行为学教授（终身教职）、组织行为学 Ph.D. 学术主任、国际 MBA 学术主任，和人力资源战略研究所所长。2002年作为创始教授之一参与长江商学院创建。阎教授为长江商学院 EMBA、MBA 和 FMBA 讲授《管理学概论》《组织行为学》《组织变革与转型》及《战略联盟》等课程。2019 年，著《长江咏戈壁情：阎爱民教授诗选》。

故园梦长江缘

阎爱民 著

阎爱民教授诗选

光明日报出版社

图书在版编目（ＣＩＰ）数据

故园梦 长江缘：阎爱民教授诗选 / 阎爱民著. --
北京：光明日报出版社，2022.6
ISBN 978-7-5194-6617-6

Ⅰ.①故… Ⅱ.①阎… Ⅲ.①诗集－中国－当代
Ⅳ.①I227

中国版本图书馆CIP数据核字(2022)第095093号

故园梦 长江缘：阎爱民教授诗选
GUYUANMENG CHANGJIANGYUAN：YANAIMIN JIAOSHOU SHIXUAN

著 者：阎爱民	
责任编辑：宋 悦	责任校对：傅泉泽
封面设计：谭 锴	责任印制：曹 净

出版发行　光明日报出版社

地　　址：北京市西城区永安路106号，100050
电　　话：010-63169890（咨询），010-63131930（邮购）
传　　真：010-63131930
网　　址：http://book.gmw.cn
Ｅ-ｍａｉｌ：gmrbcbs@gmw.cn
法律顾问：北京市兰台律师事务所龚柳方律师

印　　刷：三河市华东印刷有限公司
装　　订：三河市华东印刷有限公司

本书如有破损、缺页、装订错误，请与本社联系调换，电话：010-63131930

开　本：130mm×210mm	印　张：7.5
字　数：116千字	插　图：165幅
版　次：2022年6月第1版	印　次：2022年6月第1次印刷
书　号：ISBN 978-7-5194-6617-6	

定　价：78.00元

长江商学院 2002 年创办以来，自筚路蓝缕、以启山林，到风生水起、桃李天下，一直在向着世界一流商学院、培养具有国际视野中国商企精英的办学之路深耕。"长江" 20 年的影响力毋庸赘述。

非常之事总是离不开非常之人。作为长江商学院的创办教授和副院长，阎爱民如果在他的看家本领工商管理学科之外再闹出别的大动静，我也不会诧异。因为他就是一位"非常之人"。爱民兄不久前来电话，邀约为其即将付梓诗集作序时，在惊亦不惊，允与不允未及细察之际便欣然领命。

一是朋友之托，不可辜负；二是正好品鉴学习，借机深入认识这位熟习而又陌生的诗人，谈谈教育，谈谈诗与人。

西方教育学将人的智慧分为智商（IQ）情商（EQ）和灵商（SQ）。所以教育就围着提升智商开发情商和追求灵商的三部曲来做文章，他们说的灵商多源自基督教教义。中国主流教育不容宗教，当然也不会讨论灵商。但中国教育始于孔子"学为人"的家国情怀令我一直相信，中国人的文化就是中国人的宗教。所以，无论理科工科医科商科等各类高校，如果缺失了文学系哲学系，缺失了人文教育则难成大气象。所以，教育家阎爱民的诗集出版，岂非也是"长江"幸事？至少与吾意契合，奉上庆祝当是出诸真诚。

中国是一个诗的国度。有"诗言志"和"文史皆诗"的优良传统。然而这个"务虚而又无用"的传统在"务实而又重利"的时代变革中正日渐式微，诗人之桂冠成了中国智慧和中国审美思想殿堂中价值跳水最快、"聪明人"弃若敝屣的讪笑对象。此刻有人诗心不改，以诗为乐，以诗为业，则非真诗人不能。一直教人如何做事的爱民教授，今天自己选择学习如何作诗来修炼如何做人，其根骨就是真诗人。

爱民之诗多以七言成诵。写天涯游学，玄奘求法，四海酒聚，同窗论道……若以古制旧律视之，尚有未安之吟。如彼所言，他是以诗记事，以诗记兴。依我之见，他是以诗抒怀，以诗记心。不作无病空言，不托伪饰欺世。子曰"绘事后素"吾说"文心天真"始可以与言诗。

壬寅春来，上海疫情猖獗，吾等皆居家封控，上海陷百年难见之困局，感时伤事，怎可无句记个中况味？

凭栏之时诗人吟出《钓者无踪》：

栏外河滨尽翠微，

乡郎觅趣钓丝垂。

阳春四月鸡鸣早，

润雨清明柳叶飞。

野荔芽新人迹灭，

杜鹃啼血鹤声悲。

鱼儿跃水成一戏，

问我憨翁几刻回。

踱步园中，爱民又歌"解封为管"：

抑郁三旬噩梦醒，

痴如中举范书生。

封城沥沥春时雨，

启户徐徐夏日风。

驿外雄鸡催归客，

溪中赤鲤待钓翁。

独酌一碗回魂酒，

勿忘飞书报友朋。

诗人本色是天真，得此境界可自出自入。再说今天的古体诗早已进入"哑赏时代"，若论爱民之诗大可不必拘泥于音韵平仄之束缚，寻章用典之困囿。然诗之为诗，虽不必竟须戴着一付自制的镣铐来跳舞，但求精求新求美求真之途无尽也。以此观爱民诗，如能煮字如金，炼句如绣，用力更狠，用情更深，则于"语不惊人死不休"之境又会进一大步矣。传铭愿与共勉，是为序。

刘传铭

壬寅四月二十六日记于放思楼

序二

　　阎爱民教授的第一部诗集，是我不揣深浅作的序，并非因为我特别懂诗，而是我比较懂他。没想到这么快又出第二部，好像能靠稿费挣钱似的；更没想到，还让我写序。于是，上次的预言，这辈子只作一次诗序，就被破防了。

　　敢于再做冯妇，因为我常常是爱民兄诗作的第一个读者，比较了解这些诗词的创作背景、主题思想，甚至一些欲言又止的潜台词。再次通读138首作品，并对照上一部诗集，我有几大感触。

　　首先，形式上精益求精，格律方面毫不含糊。如果说上一部诗集作为试水之作，重点在于诗以言志，尽量不以律害义；那么本集在形式和内容上，做到了高度统一。"晚节渐于诗律细"，不但韵脚严密，并杜绝了出律。极个别处确因内容需要，平仄也至少做到了二四六分明。因此，其诗如黄钟大吕，气韵高蹈，声调和谐。

　　其次，爱民兄无事不可入诗，无情不可吟咏，内容跨度很大：从戈壁深情，到台友厚谊；从高球野趣，到唱和游乐；从政论之肃，到抗疫之艰，无不生动写实，皆能妙笔生花。尤其是一些题材，比如婚礼应酬，立意竟不重复，角度别开生面。藏头诗尤其是其所长，如莺莺燕燕，散入百花丛中。

当年读《红楼梦》，最佩服作者之诗情，比如大观园11首，咏白海棠6首，菊花12首等。同样题材，要结合每个人物的性格和心思，写出各种变化与角度，叹为观止。如今，爱民兄在类似狭窄的题目下，如校友会换届、聚会喝酒等，亦能翻出新篇，才情令我艳羡。

为了让丰富的主题入诗，爱民采用了"以文为诗"的手法，这成为他鲜明的风格特色。大家知道，此法是韩愈首创，用古文、骈文、赋文、散文、虚词、俗语直接入诗，其著名古诗《山石》前半如下：

山石荦确行径微，黄昏到寺蝙蝠飞。
升堂坐阶新雨足，芭蕉叶大栀子肥。
僧言古壁佛画好，以火来照所见稀。
铺床拂席置羹饭，疏粝亦足饱我饥。

这种风格，被宋人发扬光大，钱锺书说："唐诗多以丰神情韵擅长，宋诗多以筋骨思理见胜"，就是这个原因。爱民兄的诗，承此衣钵，兼顾唐宋，也多用相对浅显的散文入诗，做到了"言近而旨远，辞浅而义深，使人读者，望表而知里"（刘知几），比如这首《宅家抗疫》，颇得韩诗余脉：

自律家门食未休，书生无奈上灶头。
素荤搭配皆料理，中外兼容善筹谋。
百试调成三鲜色，千思为取一羹稠。
粗茶淡饭能果腹，美酒过期也将就。

因为"以文为诗"，爱民弃五言而专攻七律，更有腾挪回旋的余地，因而佳句频出：

蓝川汇海泛新浪，红荔攀藤绕旧墙
囹圄孤岛尝肝胆，一面旌旗展桌山
桅染银辉孤帆远，舟披金甲钓翁还
曾教赵将降胡马，敢令秦瓦对汉砖
林杉惬意披纱帐，涧水闻声缭瑞烟
借片冰花鋆玉璧，舀瓢绿水作琼盘
无辜南北一江水，断作东西两城池
不见飞球临洞口，忍教探棒入喉间

这些颔联或颈联，用词华丽，属对工稳，构思巧妙。最后两联是流水对，急转直下，写疫情期间的上海，既流利又沉痛。第二联故意不对仗，属于"蜂腰格"，也是宋诗里常用的变化，足见游刃有余。如果要吹毛求疵，阎诗相对平直，如用一些倒装句，也许能增加节奏变化，比如"香稻啄余鹦鹉粒，碧梧栖老凤凰枝"（杜甫）。

"古调虽自爱，今人多不弹"，爱民兄是位学者，写诗不为求名。纯是从兴趣出发，记录所行所思、所悟所感，因而直抒胸臆。比如他描写抗疫的组诗，描摹了很多人最近的共同经历，亦庄亦谐，也无风雨也无晴，洒脱面对困境，依稀有"以诗为史"之风。

有些诗所涉之事，我间或参与，读来更是感慨，比如第 7 首"龙泉谷底柳轻扬，岭上巍然一庙堂"，写的是长江三亚校区被铲平而不复存在，颇有黍离之悲；第 13 首"拙政园前新草绿，金鸡岸畔旭日红"，不由回忆起苏州校友会成立之坎坷。多年以后，这些诗作将和学院的发展历史相辉映，留取文胆照长江。

滕斌圣

二〇二二年四月二十五日

自序

我不曾养成写日记的好习惯。权且以诗记叙下了一些重要的事件和经历。自从前一本诗集《长江咏 戈壁情》（化学工业出版社）的发表，已经三年有余。本集收入我 2019 年至今的诗作，共 138 首。这里记录了我在长江商学院的工作经历，包括我对学院的热衷、参与过的一些重要活动，以及与诸多校友的情谊。显然，过去的三年中，大半是在这场新冠疫情中度过的。诗作中有很大部分可以窥视到疫情的踪影，有超过 20 首直接记录了疫情的暴发和反弹。

写诗已然成为我生活的重要部分，是我最重要的业余爱好。有教授同仁戏谑我"不务正业"，我坦然认可。诗于我，比专注管理学研究、撰写学术文章更热衷、更自觉、更激动；当然，劳动生产力也更高。

我是学理工出身的。"父命不可违"。家父一生从事中国文学教育。他未曾改变其自己的坎坷命运，却改变了他儿子的学业前途。从大学本科学自动控制，研究生改学系统工程，到攻读商学院博士，再到商学院中讲授最"软"、最接近文科的"组织理论与组织行为学"，我实现了职业生涯的回归。当然，如今沉迷于写诗，则是个人兴趣和爱好的完美回归了。

人不可逆天性而行，更不该由他人摆布、决定自己的前途。做自己不甚喜欢之事，难能激情满怀。人要有一点儿职业、专业之外的爱好。它会给你带来真正的愉悦。如果专业是一块面包，业余爱好则是按照自己的偏好而选择的那款特色果酱和那杯可口的咖啡。

阎爱民

二〇二二年四月二十五日于上海虹桥

目录

长江情怀

教师节感悟 … 003

贺长江—腾讯文创四期开学 … 004

贺EMBA37期开学庆典 … 005

贺EMBA38期迎新 … 008

贺校友组织工作会议在泸州郎酒庄园召开 … 009

贺校友组织工作会议在武汉召开 … 012

再访三亚校址有感 … 013

和爱民教授原韵 … 016

善举盆珠 … 017

年检忐忑 … 020

校友纪事

冰城会友（二首） … 024

贺长江校友金融学会 … 028

苏州校友会周年纪念 … 029

贺辽宁换届兼谢铭哥 … 032

贺青岛校友会成立十五周年 ··· 033

致广东校友会 ··· 036

贺吉林校友会换届 ··· 037

赠总裁22期校友 ··· 040

贺上海校友会换届 ··· 041

国庆中秋双节拜深圳校友 ··· 044

与十八期上海班校友欣喜相逢 ··· 045

贺龙江校友会换届并赠熙凤会长 ··· 048

贺十八期校友十年返校 ··· 049

江苏、河北校友欢聚南京 ··· 050

戈壁荣耀

漠上自勉 ··· 054

寄语戈十四出征 ··· 055

大漠欣赏 ··· 058

西去敦煌 ··· 059

赠队友 ··· 062

敦煌印象 ··· 063

诚信戈壁——贺戈14回归 ··· 066

戈14东莞沙场选将 ··· 067

为戈16战将送行 ··· 068

水调歌头 庆回归，再启航 … 069

步闻爱民教授原韵贺戈友回归 … 070

思戈友，贺大功（二首）… 074

台友同心

深圳台友贺新年 … 080

申城台友聚 … 081

台友京城小聚 … 082

故地不逢 … 083

非洲之行（五首）… 086

台友游泸州 … 092

游二郎、茅台古镇 … 093

酒乡行 … 094

谢永麟班长 … 095

赠红梅 … 098

赠兰妹妹（春萍）… 099

赠周群 … 100

贺希诚 … 101

圣诞日贺如欣生日 … 102

赠莎莎 … 103

友人情谊

谢深装富贵校友 … 108

贺古粤、子芊新禧 … 109

赠雅丽 … 110

贺格格公子大婚 … 111

访花果山庄 … 112

子瑜拜师有感 … 113

贺子瑜、国平大婚 … 114

赠俊林 … 115

与俊林共勉 … 116

赠如申并贺申昊上市 … 117

赠希滨 … 118

赞楚天科技并贺唐岳会长 … 119

蝶恋花 赠胡蝶并贺兰亭月餐厅开业大吉 … 120

游走天下

长安新貌 … 124

三亚冬月 … 125

半山半岛 … 126

三亚元宵夜 … 127

鹿回头落日 … 128

中原人杰地灵（二首）… 129

宁夏八章 … 133

新疆诗笺（七首）… 140

嘉兴南湖 … 146

福建晋江印象 … 147

西川三章 … 148

登滕王阁 … 151

吉安观月 … 153

西湖畔感悟人生 … 156

古北水镇会友人 … 157

乌镇三章 … 158

又到二郎镇 … 161

沁园春 访郎酒庄园 … 164

南乡子 踏春 原韵和苏毅 … 166

南乡子 踏春 … 167

疫情心路

疫情心路（七首）… 172

网课心得 … 180

封城日记（九首）… 181

球场抒怀

三亚之旅（三首）… 188

贺上海校友会高球队成立四周年 … 193

贺高球队换届 … 194

再聚览海 … 195

又聚佘山 … 198

贺北京高球队换届 … 199

高人黔行 … 200

高球梦圆 … 201

贺高球队海口年度赛 … 204

沁园春 为球痴迷 … 205

岁月随感

寒雨无聊 … 208

阎岩孝顺 … 209

哭姐姐二首 … 212

新年感悟 … 214

致谢

长江情怀

阎爱民

宾夕法尼亚州立大学博士
长江商学院管理学教授
曾获波士顿大学Questrom商学院终身教职

被Journal of International Management
列为"国际管理与战略"领域"最多产"、
同时"最具学术影响力"的全球9位学者之一
在长江被称为最会写诗的管理学教授，
已经出版了个人诗集

年过花甲，

去戈壁还跟遛弯儿似的～

走起～

"孔丘弟子三千众，我授嫡徒两万员！"

教师节感悟

镜里方知两鬓斑，

英姿不再逝华年。

天涯踏遍无知己，

故土归来有善缘。

昨日功名封旧册，

今夕纵酒作新篇。

孔丘弟子三千众，

我授门徒两万员！

贺长江-腾讯文创四期开学

长江商学院与腾讯合作，文创四期开学。两强携手，为文创新锐铸就创业、宏业之高台。感慨之至，兴奋有加，成藏头诗一首。以贺之。

长空雁阵云腾去，
江上金鸥报讯来。
文苑凭缘添新宿，
创家有意聚高台。
中华学社一奇楚，
海内商坛两怪才。
玉璧银珠双映熠，
天门自此向君开。

贺EMBA37期开学庆典

举世彷徨话疫情，

寰球逐鹿竞群雄。

鲁丘渡口寻归路，

鬼谷天河占斗星。

入海千川衰亦盛，

轮回万物始即终。

明查势道习优术，

应变从容步闲庭。

长江商学院2021校友组织

无益 不长江
第七届长江公益奖公益论坛

江情怀

第七届长江公益奖公益论坛

贺EMBA38期迎新

金秋十月艳阳天，
又见清流汇江源。
世道无常难判断，
学堂有伴苦专研。
商君变法平天下，
邓总革新旺盛元。
侪辈承恩忧国事，
九州同富启新篇！

贺校友组织工作会议在泸州郎酒庄园召开

瘟君送罢庆余生，

旧友相逢二郎城。

古色铜锅迎远客，

甘醇美酒待群英。

今朝滚滚长江浪，

昨日涓涓赤水情。

莫道前途蜀道险，

青天辟路又一程。

长江情怀

贺校友组织工作会议在武汉召开

曾经甲子事多秋，

泪落东湖漫鹭洲。

渡尽劫波情谊在，

相逢再上鹤鸣楼。

苍茫汉水襟三镇，

浩瀚长江贯五洲。

漫步山巅观势道，

闲登月上看地球。

再访三亚校址有感

龙泉谷底柳轻扬，

岭上巍然一庙堂。

俯瞰居高观胜景，

抒怀翘首望朝阳。

蹉跎数载惜残月，

郁闷经年恨日光。

我劝天庭明慧眼，

容栽桃李绽芬芳。

长江情怀

长江商学院37期开学典礼
CKGSB 37th Opening Ceremony

七律 贺EMBA37期开学典礼

举世彷徨话疫情，寰球逐鹿竞群雄。
鲁丘渡口寻归路，鬼谷天河占斗星。
入海千川衰亦盛，轮回万物始即终。
明查势道习优术，应变从容步闲庭。

阎爱民
宾夕法尼亚州立大学博士
长江商学院管理学教授
对外事务、校区建设、行政事务副院长
校友事务及长江商学院教育发展基金会副院长

遇见长江37
预见未来

EMBA
长江商学院EMBA课程

长江商学院38期开学典礼
CHEUNG KONG GRADUATE SCHOOL OF BUSINE
OPENING CEREMONY FOR 38TH EMBA INTA

金秋十月艳阳天，又见清流汇
世道无常难判断，学堂有伴苍
商君变法平天下，邓总革新旺
侪辈承恩忧国事，九州同富启

阎爱民   长江商学院管理学教授
              对外事务、校区建设、行政事务副院长
              校友事务及长江商学院教育发展基金会

JOIN CKGSB TO
BRIGHTEN UP YOUR FUTURE
荟汇长江·璀璨未来

阎爱民

长江商学院管理学教授、副院长

阎爱民

长江商学院管理学教授
对外事务、校区建设、行政事务副院长

2019年度
"中国公益人物"

该奖项由《公益时报》
主办的"2019中国公益年会"颁发

中国
公益年会

让公益更有力量

阎爱民

长江商学院管理学教授
对外事务、校区建设
行政事务、校友事务副院长
教育发展基金会副理事长

获荣 2021
年度公益人物

该奖项由民政部主管《公益时报》
主办的"2021中国公益年会"颁布

和爱民教授原韵

刘铭

龙泉岭上半残堂，

烂尾风中数年殇，

过客难猜何圣殿？

学生常梦伴寒窗。

超人盛世园常绿，

星斗移时处处荒。

幸有园丁争春苦，

经年必有李花香。

善举盆珠

2019 年 3 月 14 日，长江商学院出资捐建的江西遂川盆珠村"关爱老人儿童活动中心"建成启用。为老人、儿童提供娱乐、休闲之所。长江人行此善举，可敬可贺。

云海如仙溪似梦，

风吹雾散见楼亭。

孩童嬉戏颜欢喜，

叟媪谈大笑忘情。

留守田园多新趣，

务工乡外少叮咛。

德行或可量薄厚，

善举无须论重轻。

助力脱贫攻坚，长江人在行动
—— 长江商学院扶贫公益案例集发布

演讲人：阎爱民教授

长江情怀

年检忐忑

京都十月秋风起，
又到惶惶忐忑时。
悍武兵卒添傲气，
功名将帅晋新级。
童年少虑成前恙，
老大多缘拜故医。
病患虽除郎中在，
依然乐道旧话题。

校友纪事

校友纪事

冰城会友（二首）

新年伊始，赴哈尔滨参加龙江校友会迎新活动，主人热情洋溢，宾客心暖气顺。成两首，谢希滨、江安领军的龙江校友会服务团队。

（一）阿米利亚庄园迎新

雪漫千原又一冬，
高朋万里聚江城。
鸡鸣犬吠庄园秀，
马壮牛肥篝火红。
旧友情真呼寨主，
新知意切唤联盟。

遮颜舞者真心意，
江北于家又掌灯。

江北于家："江北老于头"为龙江校友频繁活动
之据点。

（二）回家真好

江上不闻流水声，
城披银甲挂冰凌。
年关欲近乡思切，
腊月相逢友意浓。
酒美茶香酸菜热，
梨甜果脆柿子红。
愁情一解求何物？
自饮自斟自酩酊！

校友纪事

贺长江校友金融学会

　　长江校友金融学会换届，我匆匆而至，向广宇会长、荣华秘书长道贺。留诗一首，聊表心意。

　　　　潮头取势脑清醒，
　　　　峰谷局迷宜心平。
　　　　载覆飞舟旋转水，
　　　　伸缩杠杆正负功。
　　　　创新有道开蹊径，
　　　　诚信无疆善远行。
　　　　宁掷千金偏爱酒，
　　　　莫交不义孔方兄。

苏州校友会周年纪念

去年今日此城中，
孺子奔波立会盟。
拙政园前新草绿，
金鸡岸畔旭日红。
寒山夜半钟声远，
石径虽斜塔影清。
举目方知前路远，
春华作伴又一程。

校友，是长江最宝贵的财富
长江，是校友最珍惜的精神家园

长江文化

格局：爱国爱校、公益向善、有担当、讲情怀
风格：低调做人、脚踏实地、接地气、干实事
为人：重情重义、诚实守信、不装不演、不端着
进取：终身学习、开拓创新、勤思考

冀往开来

阎爱民　博士

长江商学院管理学教授
对外事务、校区建设、行政事务副院长
校友事务及长江商学院教育发展基金会副院长
长江商学院教育发展基金会副理事长

031

贺辽宁换届兼谢铭哥

铭哥任内高举长江校友会大旗，兢兢业业，多有建树。今姜放会长接力换新，风头正劲。留藏头诗一首，祝辽宁校友会再创辉煌。

吟诗琼海未曾忘，
纵酒奉天雪正狂。
一展蓝旗情厚重，
三年赤胆义担当。
铭心顿悟人生短，
放眼方识世道长。
辽水不循平常路，
西流逆走汇汪洋！

贺青岛校友会成立十五周年

金沙碧水海湾边，
一片名城傍崂山。
校友团圆三百众，
结盟琴岛十五年。
花开勿忘春风暖，
水阔还凭雪嶂源。
记取甘醇齐地酒，
恭逢弱冠再狂欢！

校友纪事

致广东校友会

岭南盛夏郁葱葱，

荟萃群星五羊城。

广粤儒商明大义，

长江势道善传承。

乐施爱校扬佳绩，

公益助学耀美名。

浮躁张扬常误事，

闷声发展百业兴。

贺吉林校友会换届

白山黑水沐金风，
净月潭池碧浪莹。
四届传承来路远，
八方客至弟兄情。
关东酸菜能解酒，
玉米小烧不醉人。
举庆斟酌千杯少，
春城一片祝福声。

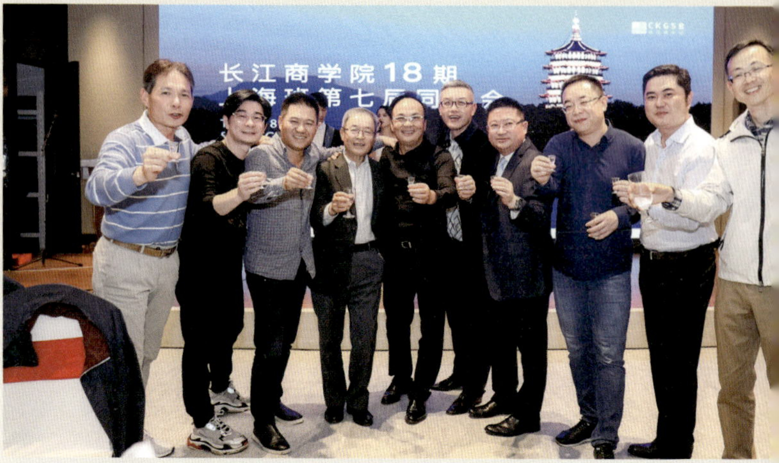
长江商学院18期

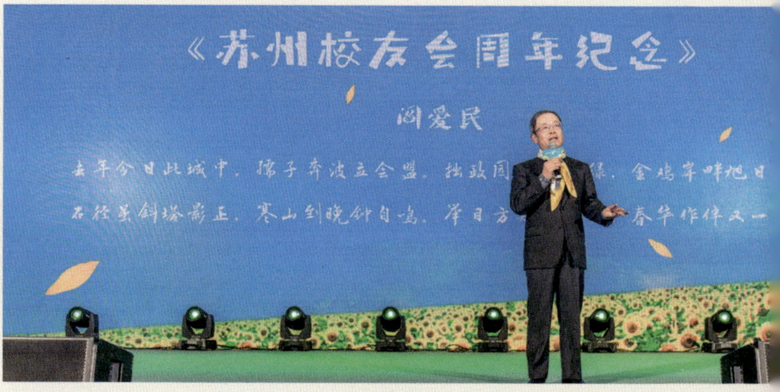
《苏州校友会周年纪念》
阎爱民

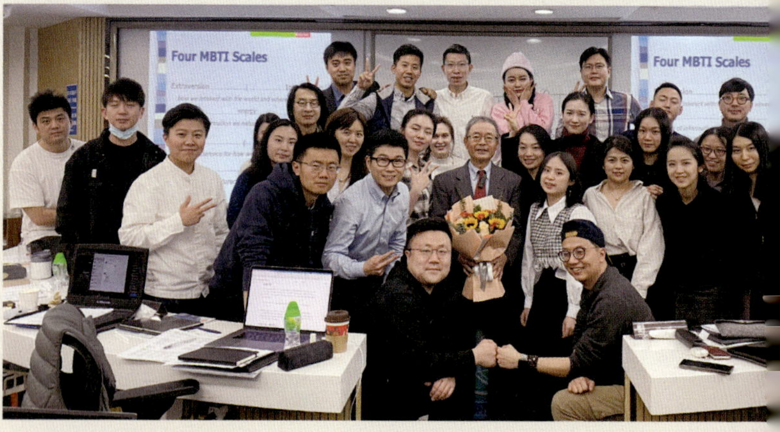
Four MBTI Scales

赠总裁22期校友

鹏城有幸课一堂，

势道区明话沧桑。

创变转型求上进，

品茶纵酒拜同乡。

为师坦率发心腑，

弟子纯真见柔肠。

彼此从今常牵挂，

光阴友谊共短长。

贺上海校友会换届

奔腾入海翻新浪，

气势磅礴颂大江。

师道贤达闻世界，

学徒盛绩冠华商。

三千沪甲戎装绿，

九月梧桐阔叶黄。

凤辇辚车迎少帅，

星驰俊采又一章。

思源致远 情满龙江

友会
庆典
国·哈尔滨

黑龙江
校友会

校友纪事

花开"乡村儿童美

850
2000

国庆中秋双节拜深圳校友

双节即至欲何求，

畅饮鹏城拜旧游。

扬子随缘驰东海，

香江逐梦向南流。

湾区尽展鸿鹄志，

满舵风帆大船头。

吟罢凭栏轩窗外，

一轮皓月照鹏州。

与十八期上海班校友欣喜相逢

美酒盈杯楼外楼，

西湖歌舞闹不休。

金光斜照雷峰塔，

银浪轻抚晚钓舟。

十月秋高云雾淡，

九年谊厚岁月稠。

彪哥潇洒年华茂，

纵酒挥杆两风流。

校友纪事

贺龙江校友会换届并赠熙凤会长

江头滚滚泛新浪，

花帅新旗帐上扬。

今古聪灵两熙凤，

关东厚重一龙江。

冰城笑貌迎宾客，

游子功成返故乡。

梦中常念庄园美，

不醉千杯北大仓。

贺十八期校友十年返校

同窗论道孰曾忘，
十载回游再入江。
又见昭君倾城貌，
重逢公瑾少年郎。
蓝川汇海泛新浪，
红荔攀藤绕旧墙。
烈酒一杯兄弟在，
休与华发论短长。

江苏、河北校友欢聚南京

阳春三月，王建军会长带领河北校友造访南京。汪建国会长携江苏校友尽地主之谊。校友会之间之联谊、交流一直为学院所倡导。欣慰之余，聊表祝贺。

石头城下百花开，

为有宾朋冀州来。

燕赵悲歌多壮士，

金陵百代少庸才。

苏秦合纵五国盛，

吴蜀联姻魏武衰。

建军建国成大业，

洋河衡水共开怀！

戈壁荣耀

戈壁荣耀

长江商学院戈16军团点将台留影

漠上自勉

人说凡事莫过三，
四战荒沙我又还。
大漠沧桑颜未改，
征人甲破两鬓斑。
驽马贵在功无舍，
骐骥荒于志不坚。
勿仿猪黠痴风口，
只学牛犟细耕田。

荀子《劝学》："骐骥一跃，不能十步；驽马十驾，功在不舍。锲而舍之，朽木不折；锲而不舍，金石可镂。"

中国某知名企业家："只要找到风口，猪也能飞起来。"一时间，中国商界找寻风口之猪远远超出潜心耕耘之牛。

寄语戈十四出征

身披星斗戴红云，
拱手瓜州送大军。
晨起霜寒披挂暖，
昼长日赤饮水勤。
长征不是心急事，
远路方识矢志人。
古驿辞别多珍重，
荡平胡虏便收兵！

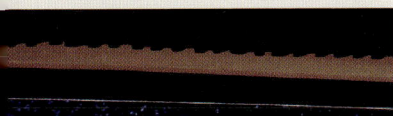

戈壁荣耀

大漠欣赏

春回胡地四月天，
戈友重结大漠缘。
红柳梢头鸣双燕，
晴川尽处立孤烟。
荒原点点沙洲绿，
古道依依落日圆。
暴走权当怡然事，
风情一路细探看！

西去敦煌

首都机场候机飞敦煌。第十四届戈壁挑战赛在即，我之第四次。心绪难平，起诗兴，得一首。

辞罢京都闹市城，
逐阳铁鸟欲西行。
常怀反弹琵琶女，
梦念不死玄奘僧。
为有沧桑酬壮志，
敢教此命祭苍生。
青春在否心知会，
似水年华看后程。

戈壁荣耀

赠队友

戈十四，有幸与 C9 队同行。高巍任队长，队名"有诗有酒"。完赛后小酌，左右邀我作诗，命不敢违。匆匆而就，凑得一首。

西来戈壁立滩头，

大漠千原一目收。

兄弟相随歌难止，

姐妹做伴笑不休。

飞沙陌路习腿脚，

逆境人生砺志谋。

无怨无悔诚可贵，

有诗有酒最风流！

敦煌印象

百里流沙大漠边，
名城一片伴月泉。
石窟经诵千年卷，
唐壁莹流万世丹。
瓜果丰腴杞满地，
胡杨瘦秀柳钻天。
夕阳古道驼铃远，
夜半沙鸣弄管弦。

故园梦中

缘

叶培贵 嵩题

戈壁荣耀

诚信戈壁——贺戈14回归

追随玄奘有初心，
励志修身慰旧魂。
自古商坛兴诚信，
从来沙场竞公平。
厚德载物行天下，
狗盗鸡鸣鄙世人。
正念哀兵难言败，
泱泱名苑宜自尊。

戈14东莞沙场选将

犬豕年关在即，长江戈壁队伍集训、选将于东莞。登彪教头邀我赋诗。作为三届"戈友"，帅令不可违。成一首，以为贺。

粤海葱茏春见早，

鹏城煮酒拜英豪。

魂归圣殿塔尔寺，

梦断残垣锁阳桥。

同道有缘贴心近，

英雄无悔大漠遥。

王师伟业垂青史，

后辈心决胜前朝。

为戈16战将送行

西风漫卷帅旗扬，

铁甲金戈战将强。

大漠孤烟苍穹矮，

川江巨浪铁流长。

前锋百诵出师表，

后帐千温奏捷章。

更尽一杯佳酿酒，

春寒凛冽暖柔肠。

水调歌头　庆回归，再启航

戈友聚琴岛，

欢声似海涛。

五尊桂冠辉耀，

引万众倾倒。

曾经八方名校，

多少英雄折腰，

为功名所扰。

负玄奘初心，

逐华丽锦标。

戈十六，

扬正气，

清赛道。

看我真人实力，

浩气吞九霄。

一代风流少帅，

九天戎装仙女，

同渡凯旋桥。

又有将令下，

举杯话明朝。

步阎爱民教授原韵贺戈友回归

梁春燕

戈壁黄沙漫，

大漠孤烟渺。

健儿列队出征，

为长江竞标。

沐十六次春华，

集五十路英豪，

与天公比高。

携壮志雄心，

朝远大目标。

风沙骤，

烈日高，

路陡峭。

理想生命之歌，

相伴一路遥。

微风携你冲线，

热泪慰我风骚，

得五冠荣耀。

班师未回朝，

明年已相邀。

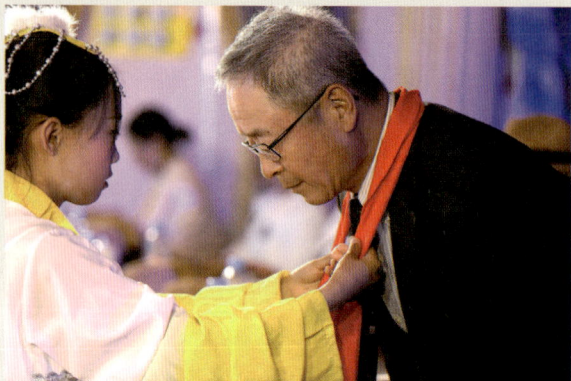

CKGSB 长江商学院 | 高远户外俱乐部 | 一房科技 Efang Technolo

中一航空

戈壁荣耀

思戈友，贺大功（二首）

（一）出发日

今日戈壁出征首日，余魂不守舍，关心战况。遥望西北，谨祝平安。

小憩栖身在杭城，
时时未断戍边情。
西溪眺望思亲友，
灵隐凝神待晚钟。
将帅安达阿育寺？
先锋可抵锁阳城？
天公勿要骄阳烈，
企盼沙原莫起风。

（二）贺长江戈十六夺冠

铁甲虽残金戈锐，

雄师八百大功垂。

羌笛一曲春风醉，

鼓角三鸣将士归。

七载追随空落泪，

五番冠冕喜扬眉。

复仇不必越王剑，

实力真人战一回！

台友同心

台友同心

落花时节又逢君
台友同心 醉美之夜

台友同心会

深圳台友贺新年

2019 年春节在即，一峰校友做东，深圳台友隆重聚会。品美酒，增友谊，展歌喉，话前程，并笑侃小猪"佩奇"。归去无眠，成一首。

见面相拥甜蜜蜜，

离别执手念依依。

健康快乐同成长，

励志远足共学习。

聚义桃园常回忆，

青春做伴宜珍惜。

天蓬岁至添新趣，

举座纷纭话"佩奇"。

申城台友聚

　　台友聚会频繁，周末刚刚深圳，旋尔华东欢宴。又值陈强、孙革二位正式入会。群情振奋，笑语盈盈，红包无数。应永麟之邀，凑成一首。

昨日鹏城醺未醒，
今昔沪上又酩酊。
飞哥华妹心良苦，
族长师兄远路迎。
有幸同铭台友志，
无涯共展子江情。
桃园又见新人拜，
长老重吟太白翁！

台友京城小聚

笑拜师姑在青城，

锦官三月百雀鸣。

放歌纵酒红墙下，

素色京都正隆冬。

文苑重添爱非友，

武门初降凤雏童。

寒梅抱雪春何晚，

且等燕归再远行。

爱非友：长江校友游学非洲者，自称"爱非"。

武门凤雏：北京之聚，系小武哥立冈做东。与其
孙女百日庆同日举办。

故地不逢

梦断三宫酌清酒，
常怀神户品和牛。
京都府上揖神寺，
须磨山头练高球。
有马温泉寻常客，
盐屋小市做伴游。
心随好友东瀛去，
故地不逢泪自流。

台友同心

非洲之行（五首）

（一）开普敦港眺望

随台友团访南非开普敦。维多利亚港湾，风景如画。隔海相望，罗本岛依稀可见。曼德拉先生被囚禁于斯十八载。身陷囹圄，却矢志求变。与德克拉克总统共同努力，完成世上少见之无暴力政体更迭。看南非今日，民主政治，法制社会，人权平等。虽逢诸多挑战，却人心向上，充满激情和希望。

信号山头望海蓝，
滔滔水阔未见帆。
囹圄孤岛尝肝胆，
一面旌旗展桌山。
革命无须凭暴力，
和平有序竞民权。

皂白勿论人平等，

天降彩虹谱新篇。

（二）赞曼德拉"宽恕""忘记"之胸怀

靓丽海湾似画图，

飘摇风雨一山孤。

曼君有志雄心去，

德克无私净身出。

莫道江山拱手让，

谁言总统是囚徒？

复仇积恨非君子，

羞愧越王叹弗如。

（三）"爱非"者白描

又拜新朋纳骏马，

同心台友再出发。

精读熟稔"月球"论，

浪迹天涯不念家。

好望角旁观细浪，

桌山侧麓看虹霞。

议员座上端然坐，

大侃神人曼德拉。

（四）"非洲之傲"列车狂欢

约堡游学业已成，

荒原靶场弄枪声。

寻常商海诸领袖，

转眼神奇善战童。

壁挂红烛照影动，

手持银箸舞升平。

罗裙血色玫瑰酒，

我愿车行永不停。

（五）马赛马拉游猎

蓝天深远白云淡，

广阔无垠大草原。

麋鹿轻盈欢快跃，

苍鹰号啸慢盘旋。

羚羊温顺群族众，

猎豹虽威影孤单。

星夜微风撩篝火，

银河闪烁露真颜。

台友同心

台友游泸州

西疆畅饮未曾忘，
再聚泸州酒正香。
人历小别家无恙，
国逢大疫世沧桑。
同心愿做江阳久，
台友缘如赤水长。
利禄功名随任去，
只留玉酿满金觞。

众台友曾于 2019 年夏畅游新疆。
泸州古称江阳。

游二郎、茅台古镇

赤水河边两窖酒，
开怀此日一杯收。
飞天厚重余香久，
红运甘醇韵味柔。
郁郁怀才杜工部，
清狂放荡太白叟。
圣仙何必决高下，
且下泸州向贵州。

酒乡行

一路徜徉赤水旁，

衣冠尽染酱糟香。

千般顾盼小龙女，

十载封坛怡和祥。

美酒河边出蜀界，

大娄壁上望贵阳。

林城即到山原缓，

古寨前头是苗乡。

怡和祥：小龙女江丽投资之酒坊。

林城：贵阳别称。

谢永麟班长

八月艳阳，夏末秋初，应永麟班长和治平贤弟之邀，与台友会众校友访新疆。主人热情周到，客者感激至极。匆匆拾得一首，聊表谢忱。

永麟邀我走新疆，

美酒瓜桃配羔羊。

昨踏云端千里雪，

今曛草地万丈阳。

能征汗马充行骑，

敢遣专机作首航。

几阕小诗一碗酒，

感恩班长友情长！

台友同心

赠红梅

结伴蓝天望云飞，
比肩共赏日西垂。
曾约欧陆游学去，
亦聚长白故园归。
玉树临风青翠柏，
冰寒傲雪腊红梅。
敦煌此日同舱去，
君我凌空醉一回。

赠兰妹妹（春萍）

六月中旬，来青岛授课，兰妹妹做东，邀涌哥、李震、化明、税新小酌。酒至半醺，萌诗意。

琴岛萋萋绿水湾，
长青幽谷一孤兰。
歌如钿篦击节碎，
笑若银珠落玉盘。
意作崂山飞涧去，
心随黄海碧波还。
自从共舞天仙配，
常忆双双返故园。

赠周群

千山尽处百花碧，
万翠丛中一玉奇。
本是端庄窈窕女，
妆成搞笑丑婆姨。
每临大事多灵气，
遍顾微节见挚谊。
愿许同心群作友，
余生笑貌伴古稀。

贺希诚

　　大雪时节，年关将近。杨家有女，千莹百日。台友伺机，纵酒言欢。昨日虽艰，明时难测。尽此一杯，互道珍重。

京门盛宴在隆冬，
众友盈杯贺希诚。
旧岁闲愁云散去，
新年歌舞又升平。
苦寒尽处梅香动，
古道危崖柏从容。
惯看关东千里雪，
闲谈刀剪二月风。

圣诞日贺如欣生日

如欣圣诞日庆生，台友纯情相贺。成一首，赠爱徒。诗的后四句与大家共勉。感恩有你，珍惜情谊。愿看台友乘风破浪，凯旋而归。

天生丽质貌如花，
热血柔肠一女侠。
湘水潇潇出俊采，
鹏城屡屡示才华。
师门三拜缘难尽，
挚友一生玉无瑕。
浪里徒儿逐浪渡，
翁临江渚望飞霞。

赠莎莎

　　元月十一日，众台友贺彭莎生日，吾恰在京城返沪机舱中。于百无聊赖之际，拾得一韵。

秀色家源岳麓山，
窈窕湘女艺非凡。
比肩华彩文姬蔡，
妙配佳缘少帅焱。
善意笃行公益事，
潜心谱写助学篇。
舞姿款款歌一曲，
台友同心笑更甜。

友人情谊

友人情谊

谢深装富贵校友

　　吴富贵校友公司深装精心装修长江深圳教学点。杨灏校友亲自挂帅，工程细致、服务认真。深怀热爱母校之心。作藏头诗一首，谢深装、谢富贵。

长翼扶摇乘风劲，

江天鹏举驾祥云。

深尊师道诚意至，

装点学园焕然新。

名校一方声鹊起，

儒生四海报殷勤。

天成富贵行鸿运，

叩谢当年哺育恩。

贺古粤、于芊新禧

2018 年中秋前夜，应老友古剑之约，赴无锡参加公子古粤婚礼。嵌新人名字，作藏头诗以贺之。

古城此日柔情涌，
粤海今朝蜜意浓。
子夜群星拱北斗，
芊绵洗雨映霓虹。
湖光塔影春山黛，
鼋渚残阳碧草青。
唱晚渔舟成对过，
一轮满月照归程。

赠雅丽

和雅丽小学同班，皆为当年学霸，彼此友好。77年同年参加高考。她考取白求恩医大，我则去了上海理工。毕业后，她做医生，我去美国求学，后留美教书。时日匆匆，再次见面已是四十年之后，于南国深圳。

当年烂漫两孩童，
对视鹏城拜媪翁。
你育杏园果实累，
我栽桃李弟子丰。
君穿南北千城走，
吾作东西万里行。
天地悠悠五十载，
莞尔还是旧音容。

贺格格公子大婚

应格格张健邀请，出席公子（叶阳）和儿媳（可馨）婚礼。嵌新人与小公主（未央）名字，作七律一首，聊作薄礼。

秋深一树红金叶，
傲立峰头映艳阳。
空谷幽兰心可鉴，
清纯隽永吐馨香。
比肩翘首观新月，
满目含情对暮江。
盼至春来花沐雨，
苞含蕊蕾爱未央。

访花果山庄

随 33 期 3 班访校友洪启恩企业海南陆侨花果山庄。聚焦企业转型发展之路，讨论激烈，时有新颖思路，主人感觉得益良多。

启恩厚道人活络，
韬略虽多慎定夺。
湖上黄丁鱼有讯，
桥头红荔果无核。
健康贸易皆熟路，
特色文游亦轻车。
实践学堂思路广，
白吃一顿也值得！

子瑜拜师有感

清纯隽秀多豪气，
目触心缘有灵犀。
智慧颜值双兼具，
投资创业亦神奇。
徒儿一拜诚若恐，
师道余生愿不移。
从此童心多挂记，
盈杯勿忘唤子瑜。

贺子瑜、国平大婚

峨眉有意苍苍翠，

金顶含情熠熠辉。

蜀妹如花生百媚，

秦娃似火帅一回。

经年美酒人不醉，

隽永良缘影伴随。

从此鹏城同命鸟，

天高海阔比肩飞。

赠俊林

　　郎酒庄园，心仪久矣。今日一见，眼界顿开。美酒藏于深山洞穴，自然滋润，冬夏常温，堪为神奇。然二郎镇古时交通不便，得美酒不易。难怪李太白仰天长叹，"蜀道难，难于上青天！"

太白怨叹蜀道难，
佳酿未得怎不烦？
空盏吟诗无聊赖，
床前月下黯故园。
二郎古镇藏神水，
三洞琼浆隐碧山。
郎酒若得朝朝醉，
谁人此世不诗仙？

与俊林共勉

众长江校友聚郎酒庄园。傍晚，与俊林董事长斟
陈酿美酒，赏绚烂烟花，话郎酒前程。得一首。

满月升空照落霞，
仁和洞外赏烟花。
二郎古镇人声静，
酱酒庄园琴韵雅。
孤涧蜿蜒一赤水，
双雄鼎立两酒家。
竞争不在拼生死，
兄弟比肩共腾达。

赠如申并贺申昊上市

孤军创业十八载，
始入名门誉杭城。
儒子无心逐旧梦，
佛陀有念启新程。
晨钟不重回声远，
暮鼓虽空气势宏。
机器人形皆幻妙，
天王矢志大功成。

赠希滨

牛年春节，度假海南。承蒙希滨夫妇款待。每日球场斗球，晚上打牌，不亦乐乎。成一首，供希滨一笑。

庄园美味炙牛排，
纵酒千杯乐开怀。
友爱十成希滨总，
诚心一片谢杨台。
天明球场赢百块，
夜半牌局散尽回。
调侃揶揄寻常态，
难得老大似童孩。

赞楚天科技并贺唐岳会长

湘江水暖春山碧，

四月星城百重衣。

惟楚有才平天下，

潇湘子弟遍东西。

芙蓉艳丽川江秀，

南岳巍峨楚天奇。

独步江湖真王者，

不成首创亦第一。

蝶恋花
赠胡蝶并贺兰亭月餐厅开业大吉

美貌如花腰似柳，

玉臂起处，银球呼啸走。

潇洒一推轻挥袖，

小球应声入洞口。

真挚纯情待朋友，

燕语莺啼，暗香沁小楼。

玲珑杯盘琥珀酒，

辉染兰亭月如钩。

游走·天下

游走天下

长安新貌

犬豕年关拜长安，

古都非复旧容颜。

倾城尽炼金盔甲，

创业推陈启新篇。

萧马辚车兴赵政，

飞船火箭赖希贤。

民商百问前程路，

此岁未除再盼年！

金盔甲：硬科技。

赵政：秦始皇帝。

希贤：邓公小平。

三亚冬月

华夏版图最南疆，
琼海天涯郁苍苍。
北国莽莽千里雪，
鹿岛曛曛万丈阳。
岁岁除夕宾客满，
年年十五贾商凉。
穿行不是黎家客，
皆拜本山认同乡。

半山半岛

高台翘首望天蓝，
美妙绝伦一海湾。
桅染银辉孤帆远，
舟披金甲钓翁还。
波中靓女击流水，
林下顽童戏沙滩。
椰树梢头白鹭过，
日边黛顶是仙山。

三亚元宵夜

新春雨水涓涓下，
日暮亭台看礼花。
花炮声喧鸣广厦，
红灯闪处见人家。
渔光万盏牵海角，
满月一轮缀天涯。
纵酒良宵千杯少，
欢颜满面对鱼虾。

鹿回头落日

黛色山峦天海间，
云边圣水一湖蓝。
流连翡翠轻拍岸，
血色飞霞入画船。
对对红鸥迎浪去，
双双恋侣日边还。
回头神鹿依琼岛，
谁伴孤翁阅远帆？

中原人杰地灵（二首）

中原自古有能贤，

地秀人杰史灿然。

始祖炎黄开华夏，

精忠岳氏报家园。

诗仙北望书漫卷，

魏武东临马挥鞭。

故事英雄皆已往，

繁星今日照河南。

游走天下

清明上河画一卷，

盛世商都业喧然。

肃静包公祠上拜，

梦回一日过千年。

石窟碑刻文精湛，

少林武功艺不凡。

鲤跃龙门黄河上，

京中无处不牡丹。

宁夏八章

京城、沪上连日酷暑。假借出差之便，得闲，游宁夏，得八首。

（一）访西夏王陵

凤城西去觅仙踪，
背倚兰山见旧陵。
断塔犹存秦技艺，
残垣尽显夏时风。
阶旁涧水淙淙下，
栏外松竹密密生。
归去不识其中意，
王侯未考姓和名。

（二）贺兰山岩画随想

远上贺兰山未缺，

林稀草密鸟飞绝。

匈奴俯首千城泰，

岳武忠魂万世杰。

岩画单纯言未尽，

黄河到海志难竭。

无情岁月石能语，

壁上涂鸦作玄学。

（三）游湿地公园不得而返

阅海湿地名声斐，

远路驱车拜翠微。

未见清纯一山水，

只横褐色两土堆。

冬来热闹滑雪场，

夏里萧条锁帐围。

欲窥个中园下景，

一声断喝你找谁？

（四）沙湖印象

凤城北上九十里，

大漠滩头见沙湖。

日下清纯一片海，

水上孤单几墩芦。

塘边睡鲤逐新饵，

漠上憨驼忘旧途。

偶有鸢鹏天边舞，

唏嘘网下驯鹈鹕。

（五）游水洞沟

水洞沟史万千年，

孕育文明耀祖先。

明代烽燧五百载，

洞藏兵帅巧机关。

风拂芦谷千层绿，

雨落红湖万点蓝。

沟壑纵横大峡谷，

长城傍水又一湾。

（六）过贺兰山

贺兰高耸三千仞，
古燧延绵五百年。
怒发英雄刀剑闪，
壮怀勇士甲未残。
曾教赵将降胡马，
敢令秦瓦对汉砖。
荣辱兴衰皆以往，
今人纵马宜争先。

（七）不变黄河

朝辞烟雨水洞沟，
暮抵沙坡拜古丘。
别罢贺兰山下马，
又逢塞北漠上牛。
腾格里外风沙劲，
金凤城中柳絮稠。
任你纵横七百里，
黄河不动耳边流。

（八）赠友人

云游四海八方走，
独念陇西凤凰城。
梦系边城江外雪，
魂牵函谷塞上风。
偏食肥美羔羊肉，
不受甘甜枸杞红。
今日沙湖风裏雨，
夕阳一见晚来晴。

游走天下

新疆诗笺（七首）

（一）广州白云机场念台友乌鲁木齐欢宴

古有太白厚凤林，

今逢台友念同心。

东瀛错过樱花季，

西域盼来圣路行。

横道袭来利奇马，

无端阻断远行军。

主人欲满迎宾酒，

遍数杯盘少一人。

凤林：汪伦，李白好友，字凤林。

利奇马：2019 年最强台风。

（二）伊犁空中草原

千城酷暑热蒸腾，

东有狂风裹浪行。

台友同心识圣地，

亲朋盛会伊犁城。

雪峰傲立抒情志，

绿野广袤觅仙踪。

放眼无边观壮阔，

草原叠翠入空中。

（三）一疆四季

人赞新疆美似梦，

风光四季汇一城。

伊犁河水春波绿，

吐鲁番原夏意浓。

那拉提川秋风爽，

天山雪嶂冬日情。

陶潜欲弃桃园去，

从此逍遥不枉生。

（四）过月亮湾

嫦娥在此奔月去，
今日空余月亮湾。
岸上芦蒿葱翠绿，
河湾细浪晶莹蓝。
轻盈银桦超千树，
兀立青松问九天。
日下苍鹰盘旋过，
彩云尽处是家园。

（五）布尔津风景

今夜扎营布尔津，
乡村美妙客断魂。
蜿蜒牧道笛声远，
小巧毡房意境深。
山色斑斓随亮暗，
水流五彩适游人。
纯情弟子悄相问，
哈汉情缘可通婚？

（六）喀纳斯晨雾

三更纵酒苦作眠，

苇岸独行履蹒跚。

月下河湾皆不见，

桥头树影滚丝棉。

林杉惬意披纱帐，

涧水闻声缭瑞烟，

利禄虚名云散去，

生当此雾命随缘。

（七）喀纳斯湖印象

碧水喀河九道湾，

冰山剔透映天蓝。

观鱼台耸千尺顶，

墨色湖深百丈渊，

借片冰花鎏玉璧，

舀瓢绿水作琼盘。

八方遍看全佳景，

游者皆为画中仙。

游走天下

嘉兴南湖

夏去秋初，应校友照英之约，与嘉兴温州商会众友人欢聚。谈兴甚欢。归来成一韵。

文星桥上沐清风，

烟雨楼前品青菱。

濠水麟波托塔影，

伍祠忠烈记英名。

南湖有幸传佳史，

船舫无言助伟雄。

潇洒温商行万里，

只留美誉满嘉兴。

福建晋江印象

　　跨年夜，随当地校友张金煌及其发小志灯游晋江五店，听泉州历史，赏闽南佳肴。主人热情，客不思归。成一首。

　　　　晋江富庶美名传，
　　　　海内诸强拜前三。
　　　　红瓦红砖新楼宇，
　　　　多祠多匾古对联。
　　　　"延龄"衍派为吴氏，
　　　　名冠"清河"属张园。
　　　　酒肆丝竹南曲调，
　　　　华灯尽照状元杆。

西川三章

（一）登峨眉金顶

五月西川弄翠微，

轻装一整上峨眉。

逶迤索道云中去，

险要山崖雾里回。

银柏风来千片绿，

金盔日落万丈辉。

佛陀再拜时运转，

此世随缘了是非。

（二）中岩寺遐想

五月初夏，携友人游西川青神中岩寺。寺虽小，故事多。苏轼命名之"唤鱼池"，乃东坡与王弗浪漫初恋之地。因此才有《江城子·记梦》之千古佳句。

中岩小寺半山藏，
背负青神莽苍苍。
轼唤游鱼观碧水，
弗撩帘卷对轩窗。
当初不遣情万种，
梦里何来泪千行？
一阕绝尘《江城子》，
常使后辈断柔肠。

（三）拜乐山大佛

乐山大佛系唐开元元年始建，经三代朝廷，历九十年建成。佛身端坐于凌云山与乌尤山之间，岷江、青衣江、大渡河三江交汇处，景色、风水极佳。

平生远念凌云寺，
今日得识乐山佛。
头倚双山仪态重，
足拂三水气磅礴。
明眸恬淡观今古，
法度威严辨清浊。
我立佛前知渺小，
休与天地论舍得。

登滕王阁

　　吾十二岁始读王勃之《滕王阁序》，咏诵至今五十年矣。今初临滕王阁，感慨系之，步子安原韵，和一首。

　　　　滕王阁上望江渚，
　　　　白鹤啼歌鹳雀舞。
　　　　飞渡匆匆南去云，
　　　　突如沥沥北来雨。
　　　　千年江右史悠悠，
　　　　百代群儒谱春秋。
　　　　华序犹存阁亦在，
　　　　无言墨客泪自流！

附王勃原诗，载于《滕王阁序》

滕王高阁临江渚，
佩玉鸣鸾罢歌舞。
画栋朝飞南浦云，
珠帘暮卷西山雨。
闲云潭影日悠悠，
物换星移几度秋。
阁中帝子今何在？
槛外长江空自流。

吉安观月

赣水桥头一片月，
清辉浸染万层纱。
小舟荡破湖中镜，
雾雨情钟泪下花。
星火百年燎原寨，
杜鹃千里竞放崖。
苍松未忘当年事，
鼓角旌旗遍农家。

游走天下

金顶鸟瞰

西湖畔感悟人生

栏外枫枝一树红，

湖中倒影戏鱼踪。

山边袅袅炊烟暖，

岸畔婀娜柳叶青，

岁月无涯休恨短，

余生有限宜心平。

杨公自信痴帆远，

和靖孤闲伴梅终。

杨公：诺奖得主杨振宁。

和靖：宋人林逋，居西湖孤山，以梅为妻，以鹤为子。

古北水镇会友人

冷月雄关古北口，
温泉水镇赋闲楼。
红灯瑞雪双佳配，
玉酿乌梅一窖收。
渡尽劫波人健在，
恭逢盛饯共筹谋。
天携甲子年关去，
望断星河拜斗牛！

乌镇三章

辛丑三月初旬，惊蛰始过，应友人之约，访江南古镇乌镇。果然大名不虚。山水、楼台、人文、乡俗完美结合。贤主嘉宾，驾篷船，赏美酒，品白菊，访名人故居。完美周末。成三首，以记之。

（一）午宴篷船

江南三月柳垂丝，

西市摇船过春时。

水面鹭鸶啼不住，

桥头靓女若相思。

楼台古色沿河畔，

宋塔白莲傍旧祠。

再尽一杯乌镇酒，

泊船上岸好吟诗。

（二）雨中观景

轼咏名篇颂西湖，

晴波潋滟雨亦姝。

惊蛰最盼骄阳美，

古镇偏逢雨正荼。

醉月池边烟笼树，

白莲塔壁玉镶珠。

行人路上翩然舞，

一幅春城水墨图。

（三）东栅访木心先生故居

乌村夜雨润花红，

漫步东栅溯旧踪。

游子方识柔肠意，

乡邻莫辨木心情。

魂归故土缘向宏，

岁暮知音唤丹青。

几度囹圄寻常事，

文章自有后人评。

向宏：陈向宏，乌镇著名企业家，诚心邀请木心先生晚年从纽约回归故里。

丹青：陈丹青，中国著名艺术家，师从木心先生。现任乌镇木心美术馆馆长。

又到二郎镇

中秋即至二郎城，

探洞仁和玉液琼。

成玉盈坛多慎重，

蔚华舀酒最虔诚。

青山月起观夜色，

赤水泛波待晚钟。

莫怨千般蜀道险，

诗情尽在一杯中。

沁园春 访郎酒庄园

蜀黔交界，

江阳故郡，

二郎古城。

赤水蜿蜒过，

断壁纵横；

左岸叠翠，

天宝奇峰。

巨罐罗列，

瓷坛遍谷，

朝雾浸染酱香浓。

夜庄园，

看灯光作秀，

辉映斗星。

烟花五彩霓虹，

举夜光琼杯敬宾朋。

奠百年基业，

追求极致，

功在长久，

管理经营。

悬壶济世，

造福桑梓，

庄主原来是郎中。

逐新梦，

恰红运儿郎，

锦绣前程。

南乡子　踏春
原韵和苏毅

新苇露东湖，

秀水春江入画图。

黄鹤归来唤不足，

心慕，

阴霾散尽万物复苏。

南乡子　踏春

苏毅

拾翠天屿湖，

无限春光入画帘。

莺语燕声听不足，

歆慕，

春启长江潮动未来。

疫情心路

长江校友大讲堂

CKGSB
长江商学院

人生自有诗意在
且教桃李笑春风

主讲嘉宾
康震

对话嘉宾
阎爱民

06/01 周一
20:00-21:30

康震
北京师范大学文学院教授、
博士生导师
长江学者特聘教授

阎爱民
长江商学院管理学教授
长江商学院副院长

扫码关注直播
向嘉宾提问

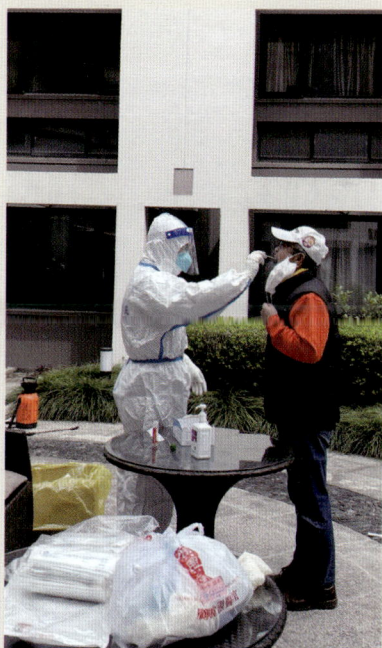

疫情心路

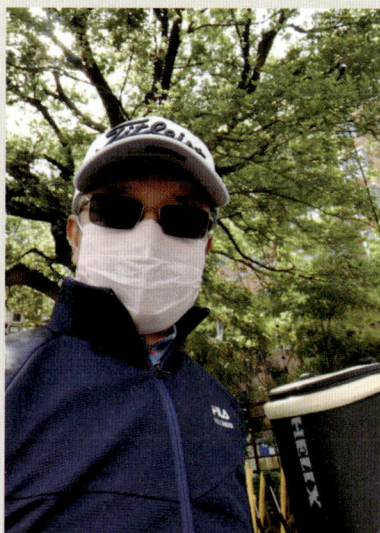

疫情心路（七首）

（一）祈盼元宵

车马稀疏人无影，
丰荄楚地万巷空。
烟波尽处龟蛇悚，
浩渺江头黄鹤惊。
正旦时节瘟疫降，
危急此刻壮心成。
天神托塔元宵至，
皓月重来照众生。

（二）又驿安纳塔拉

去年今日此渔村，

酒绿灯红客盈门。

浪里轻舟劈碧水，

滩头美女望飞云。

一湾琼海依旧在，

十里白沙不见人。

我盼时珍重返楚，

温煎本草送瘟君！

（三、四）宅家抗疫

隔离数日自多愁，

放眼凉台看旧楼。

卫士两员识人脸，

"洋枪"一把触额头。

小哥髯乱低眉笑，

大姐蓬头掩面羞。

抗疫不凭英雄胆，

宅家困觉亦千秋！

自律家门食未休，

书生无奈上灶头。

素荤搭配皆料理，

中外兼容善筹谋。

百试调成三鲜色，

千思为取一羹稠。

粗茶淡饭能果腹，

美酒过期也将就。

（五）期盼惊蛰

大疫突来楚地殇，

九州无处不柔肠。

无私商贾担侠义，

悍勇郎中作盛章。

两月寒春心囹囵，

一头怒发雪苍苍。

南山几刻传佳讯，

手抹华髯盼艳阳。

（六）反思

残冬度尽迎春日，

欲赏樱花季未迟。

不是弹冠相庆夜，

权当闭户反思时。

前车辙印来车鉴，

往事伤痕后事师。

举目三分神明在，

盈亏功过自须知。

（七）送瘟神

良宵煮酒友相邀，

笑叹人生一路遥。

历史钟情寻旧卷，

今人宠爱荡新潮。

寒噤三载稀车马，

遗恨五洲断鹊桥。

渡尽劫波寰球暖，

恩仇就纸照天烧！

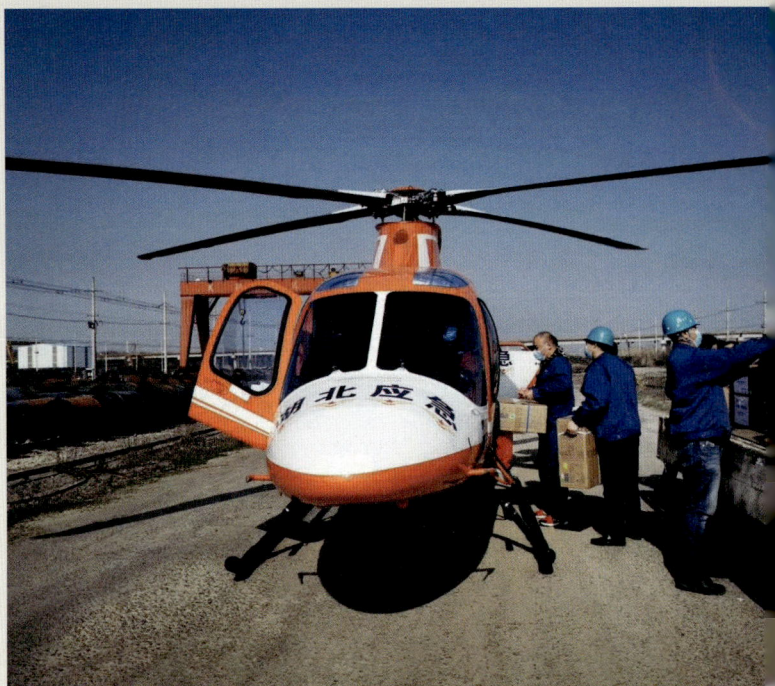

疫情心路

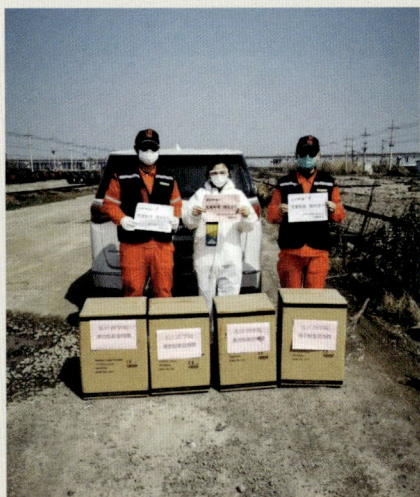

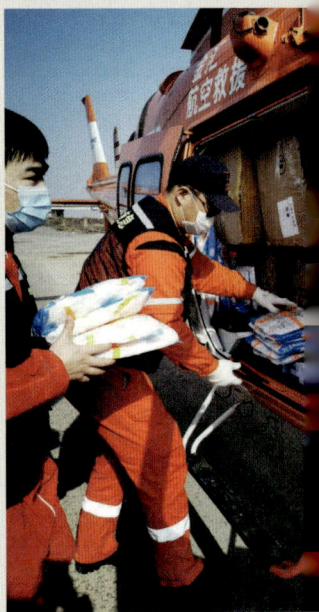

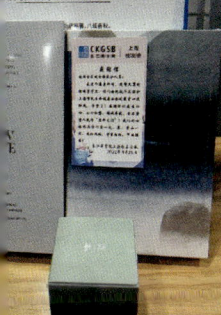

感谢信

致瑞金医院全体医护人员：

在这个春寒料峭、疫情又紧的特殊季节里，你们临床战斗在保护上海市民生命健康安全的最前一道防线，辛苦了！感谢你们医者仁心、初心如磐、瑞诚奉献，全力坚守人民的"生命之门"！我们的心始终与你们在一起。愿：青山一道，共担风雨，守望相助，早日胜疫！

长江商学院上海校友会敬
2022年3月25日

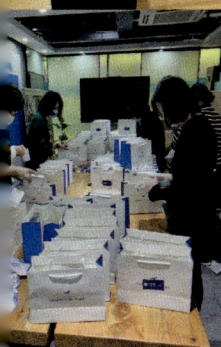

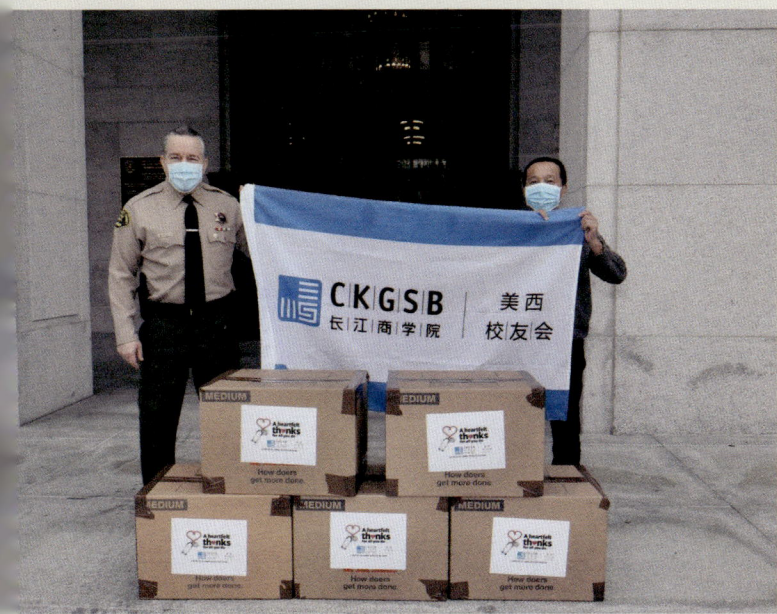

抗击疫情 长江人在行动

1月25日，长江商学院向全体校友发出抗击疫情倡议书。截至3月1C日不完全统计，长江商学院各校友组织、班级已向疫区（包括但不限于湖北）累计捐赠资金和物资超过**1900**万元，其中长江湖北校友会接受各地校友捐赠资金**9379237.75**元。长江校友企业捐赠资金和物资逾**40**亿元。

疫情心路

网课心得

闯荡江湖三十载，
书生一介恋讲台。
奈何学子皆空去，
忍看瘟君又重来。
课室喧然宜调侃，
镜头冷涩靠自嗨。
网红未必才识浅，
敢教先生做摆拍。

封城日记（九首）

（一）静态商都

屈身小楼过春时，

检疫声高唤众知。

大路千村人无影，

高桥百里车不驰。

无辜南北一江水，

断作东西两城池。

叟数香烟余多许，

姑查绿菜剩几支。

（二）封城街景

全城静态臂一呼，

万众居家户不出。

厉色保安识人脸，

戎装护士验码图。

核酸细看查正负，

抗体严分几道符。

宁忍鼻酸喉生茧，

明朝还我旧魔都。

（三）愚人节梦醒

草绿云高舞劲杆，

愚人梦醒自无言。

清明祭祖云中拜，

四月游春壁上观。

不见飞球临洞口，

忍教探棒入喉间。

台空檐矮人独立，

影落清塘月孤悬。

（四）钓者无踪

曾几何，立于舍外阳台，观小河边老者垂钓，成一趣事。近日疫情防控，足不出户，钓者不见踪影。感慨系之。

栏外河滨尽翠微，

乡郎觅趣钓丝垂。

阳春四月鸡鸣早，

润雨清明柳叶飞。

野荔芽新人迹灭，

杜鹃啼血鹤声悲。

鱼儿跃水成一戏，

问我憨翁几刻回？

（五）清明登高

据新闻报道，全国多省市、军队超过三万二千医护人员驰援上海，共克时艰。

水漫江城日色昏，

兵戎未见陷城门。

寻常陌路乡中客，

患难时分重义人。

鲁粤驰援闻遐迩，

苏浙救驾谢芳邻。

登高莫恨桑榆晚，

雁阵归来再庆春。

（六）笃信科学

黑云盖顶重如山，

说项依刘两大难。

动态清零拼国力，

全民免疫顺自然。

经济发展牵命运，

百姓存亡事关天。

笃信科学循势道，

无求佛祖罔顾官。

（七）祈盼解封

上海封城逾两周，人心烦闷。午后房中踱步，成诗一首，作为来日记忆。

封城廿日户不出，
髯乱头蓬面色枯。
朋辈情深云纵酒，
相邻虽近网上呼。
空房辗转三千步，
老骥蹒跚二里途。
枉看烟花四月好，
残茶冷酒各一壶。

（八、九）解封为管

小区昨夜从"封控区"降到"管控区"。终于可以下楼走走了。晨起，一口气走了六千步。心情大好，成诗两首。

抑郁三旬噩梦醒，

痴如中举范书生。
封城沥沥春时雨，
启户徐徐夏日风。
驿外雄鸡催归客，
溪中赤鲤待钓翁。
独酌一碗回魂酒，
勿忘飞书报友朋！

青花郎酒呛一瓶，
雀跃乡邻贺解封。
偶遇昔时如陌路，
相逢此刻沐春风。
人说草舍千般好，
我愿离乡万里行。
历尽蜷伏穴洞苦，
方知自由胜偷生。

球场抒怀

三亚之旅（三首）

（一）迫不及待

冬日京城沐冷流，

霾空栗色使人愁。

独酌更尽一壶酒，

夜枕黄粱戏高球。

梦断魂归海南岛，

朦胧静念凤凰洲。

匆匆未整单衣裤，

戴月迎风向航楼。

（二）球场心得

　　与 EMBA24 期校友球队聚海南，球场上切磋技艺，餐桌上畅叙人生。甚悦。得一首。

　　　　南海云烟一岛收，
　　　　茵茵绿野掠高球。
　　　　雨林蔽日莺啼畅，
　　　　椰影参天月如钩。
　　　　起臂浑圆盘下稳，
　　　　推杆专注手臂柔。
　　　　心平何必恋权贵，
　　　　碧草无花亦风流。

球场抒怀

（三）灏哥英勇

保亭宁远球场。杨灏昨夜酒酣中，接盘对我、荣华、筱毅三打一。吾三将前九洞神勇发挥，九城全取。我切一鸟，得十分。三人大悦，得意忘形。不想灏哥后九洞神来之笔，赢七洞，得八分。我等魂不守舍，以两分险胜。此役难忘，有诗为证。

大胆灏哥酒半醺，

无端一将战三神。

可怜前场无胜绩，

敌手张狂牛断魂。

百炼仙功发千丈，

七城尽克得八分。

功亏一篑难言败，

此帅输球不输人！

贺上海校友会高球队成立四周年

2018 年 11 月，上海校友会高球队成立四周年庆。众校友聚崇明览海球场。近长江入海口，景色极佳。我深圳上课，不能同往。成诗一首，表示祝贺。

大江漫漫笼轻纱，

东海苍苍沐日华。

鹤舞莺啼惊锦鲤，

松青草碧戏红花。

银球怒啸三百码，

铁臂挥出五彩霞。

四载结盟成挚友，

沪淞子弟胜一家！

贺高球队换届

青山借势舞长城，
绿水一湾映官厅。
铁臂浑圆球呼啸，
金杆霸气势如虹。
勇哥威武擎旗走，
兄弟扬眉做伴行。
战士凌空擒飞鸟，
英雄酒后射苍鹰。

再聚览海

上海校友会高球队成立五周年。初心不变，质朴单纯。感谢书达队长用情专一，芳芳秘书长无微不至，均金会长赛事亲临，团队抱团凝聚，队员热情参与。有此球队，吾辈幸事。得一首，以记之。

冬阳劲草鳌山尽，

碧岛琼江二水分。

学友欢呼出海口，

高球跳舞入龙门。

勤学取势明道术，

励志修魂健身心。

五载情缘三生幸，

远方彼此百年亲。

球场抒怀

夫球队·南京

换届仪式

不暨换届仪式

又聚佘山

抗疫宅家多日，百无聊赖。时逢四月芳菲，春阳高照。随上海校友球队聚佘山球叙。起诗兴，吟一首。

名唤佘山未见山，

浦江城外一方园。

憨鸭岸畔逐流水，

小雀云端戏柳烟。

冬去宅家无聊赖，

春回踏野有人喧。

夜来梦里擒飞鸟，

月下悄声试短杆。

贺北京高球队换届

五月初夏，疫情过后，北京高球队换届于北湖。受东云队长、清明秘书长之邀，与众校友重聚。欣喜之至，得一首。

日照东云山峻秀，

清明做伴不忧愁。

北湖绿浪拂金苇，

果岭飞杆戏银球。

旧友重逢人康健，

长江又见水横流。

瘟君送罢亲情在，

纵酒千杯意更稠。

高人黔行

又是一年江南梅雨季。应邀随长江上海高球队移师贵阳乐湾球场。心情愉悦，成一首，以记之。

江南暑至雨纷纷，
球友西行觅战魂。
苗岭黔山绝妙处，
滇原贵水美奂轮。
流连飞瀑黄果树，
挥洒银球乐湾村。
遍问酒乡何所有，
茅台不醉子江人！

高球梦圆

　　吾徜徉高球场十五载，业绩平平，最好成绩82。从未动过"见七"之念。四月杭州，莫干山观云球场，景色、球友、杆娣、心境俱佳。居然挥出79杆！打球以来，曾经两次一杆进洞，今又"进七"，高球之趣，从此无憾。

　　　　莫干山水多仙气，
　　　　雨洗观云景色奇。
　　　　和煦骄阳春意暖，
　　　　含珠蓓蕾泪莹剔。
　　　　平生两度一杆进，
　　　　梦里几回盼"见七"。
　　　　此日了结心中愿，
　　　　球缘圆满乐无期！

球场抒怀

贺高球队海口年度赛

北国千里雪原寒，

寂寞高人向海南。

叠翠青山依琼岛，

婷婷椰海绕观澜。

风驰铁臂蛮腰转，

电掣银球射鸟还。

归去鱼虾沽老酒，

一杯未尽已飘然。

沁园春 为球痴迷

长江首届高球联赛总决赛于广州举行。京穗航班上，添词一首。调侃揶揄，权当贺礼。

小小银球，

三分剔透，

七分灵气。

令英雄气短，

豪杰惴泣；

朝野爱恋，

万人痴迷。

溪水沙池，

炮台果岭，

花丛芦荡潜玄机。

瞄洞旗，

听银杆起处，

呼天喊地。

各路好手云集，

皆跃跃欲试争第一。

挥潇潇长木，

又"痒"又"急"；

草原擒鸟，

一箭中的。

谈论势道，

切磋攻略，

高手历来多磨砺。

设小局，

为友情添彩，

共同富裕。

岁月随感

寒雨无聊

年初五，沪上阴雨，湿冷难耐。坐于家中百无聊赖。忽闻隔壁传来老电影"唐伯虎点秋香"。虽然肉麻，终于带来些许生气。

阴雨绵绵润浦江，
春寒凛冽透心凉。
冬云满目挥不去，
漫卷湿霾锁艳阳。
栏外残藤乏盛气，
堂中兰草有余香。
谁家晨起无聊赖，
又遣唐寅戏秋香？

阖岩孝顺

老迈阿公元气亏，
航程万里一日回。
儿时尽享爷孙乐，
长大不曾忘春晖。
忠孝家风常洗礼，
斯文后代勿非为。
家翁已作仙人去，
顺变节哀莫泪飞。

月随感

哭姐姐二首

（一）

善目慈眉笑音容，
相逢执手细叮咛。
海南两顾声在耳，
关外一雷贯心胸。
再聚既然曾约定，
辞别何必此匆匆？
寒秋暮雨涟涟泪，
难尽平生手足情。

（二）

陵水谆谆音未落，
丝弦断处寸肠折。
双亲辞世柔情寡，
老姊身旁母爱多。
细语叮咛嘘寒暖，
和颜劝我少奔波。
如今百日行家祭，
恨不相逢两世隔！

新年感悟

贺语连连辞旧岁，

冰融水暖大雁归。

途遥不可疏亲友，

日暮当知谢春晖。

昨夜西风摧枯树，

今夕瑞雪伴红梅。

前程莫测深与浅，

放手江湖走一回。

致谢

这本诗集的出版，得到了诸多同事、校友、朋友和亲人的支持与鼓励。首先，感谢多位长江商学院同仁。虽然曾作"不务正业"的调侃，他们对我的新作都热情呼应。晓萌、春生、一江、欧阳、海涛、张罡、钟灵几位同仁每每给我鼓励和鞭策。

我由衷感谢众多的长江校友。没有他们，就没有这本诗集，甚至我就压根不会开始写诗。每当我给他们朗诵新作时，他们的激动不亚于我自己。千万不要小看这些企业家，他们是绝对懂诗的。众多校友中，我最要感谢的是台友同心会的朋友们。诗作中有相当多的篇章是和他们在一起游学览胜、谈天论道、把酒言欢时写就的，有好多首是直接写给他们的。

我想把感谢和敬意表述给刘传铭教授。作为中国文化研究的著名大家，他能在编写《苏州传》的忙碌中抽空为这本诗集撰序，令我感激涕零。谢了，传铭兄！

感谢既懂诗也懂我的滕斌圣教授。斌圣往往是我的诗的第一读者，参与润色、也参与"歪读"、调侃一些诗句，竭尽其能。多年学界同道和长江同事，批判、诠释我诗的最权威读者，高球场上屡败不服的对手。得此挚友，三生有幸。

我感谢长江的两位同事，闫雯和杨晓燕老师。她们不仅是我的诗的热情读者，更承担了这本诗集的出版中的很多琐碎工作。尤其感谢雯雯的细致、周到。

特别感谢朱庆校友对诗集的关心和他与他的同事在出版过程中的辛勤相助。

最后，感谢叶培贵先生为诗选题写书名。感谢刘利平先生同意用他的画作内容丰富本书的封面和插图。感谢"胖吴"平台承担本诗集的发售。

感谢所有关心我、在意我的诗的朋友们！

阎爱民

二〇二二年四月二十五日于上海虹桥